MW01223304

„BÜCHER SIND WIE FALLSCHIRME.
SIE NÜTZEN UNS NICHTS, WENN
WIR SIE NICHT ÖFFNEN."

Gröls Verlag

Redaktionelle Hinweise und Impressum

Das vorliegende Werk wurde zugunsten der Authentizität sehr zurückhaltend bearbeitet. So wurden etwa ursprüngliche Rechtschreibfehler *nicht* systematisch behoben, denn kleine Unvollkommenheiten machen das Buch – wie im Übrigen den Menschen – erst authentisch. Mitunter wurden jedoch zum Beispiel Absätze behutsam neu getrennt, um den Lesefluss zu erleichtern.

Um die Texte zu rekonstruieren, werden antiquarische Bücher von Lesegeräten gescannt und dann durch eine Software lesbar gemacht. Der so entstandene Text wird von Menschen gegengelesen und korrigiert – hierbei treten auch Fehler auf. Wenn Sie ebenfalls antiquarische Texte einreichen möchten, finden Sie weitere Informationen auf www.groels.de

Viel Freude bei der Lektüre wünscht Ihnen das Team des Gröls-Verlags.

Adressen

Verleger: Sophia Gröls, Im Borngrund 26, 61440 Oberursel

Externer Dienstleister für Distribution & Herstellung: BoD, In de Tarpen 42, 22848 Norderstedt

Unsere „Edition | Werke der Weltliteratur" hat den Anspruch, eine der größten und vollständigsten Sammlungen klassischer Literatur in deutscher Sprache zu sein. Nach und nach versammeln wir hier nicht nur die „üblichen Verdächtigen" von Goethe bis Schiller, sondern auch Kleinode der vergangenen Jahrhunderte, die – zu Unrecht – drohen, in Vergessenheit zu geraten. Wir kultivieren und kuratieren damit einen der wertvollsten Bereiche der abendländischen Kultur. Kleine Auswahl:

Francis Bacon • Neues Organon • **Balzac** • Glanz und Elend der Kurtisanen • **Joachim H. Campe** • Robinson der Jüngere • **Dante Alighieri** • Die Göttliche Komödie • **Daniel Defoe** • Robinson Crusoe • **Charles Dickens** • Oliver Twist • **Denis Diderot** • Jacques der Fatalist • **Fjodor Dostojewski** • Schuld und Sühne • **Arthur Conan Doyle** • Der Hund von Baskerville • **Marie von Ebner-Eschenbach** • Das Gemeindekind • **Elisabeth von Österreich** • Das Poetische Tagebuch • **Friedrich Engels** • Die Lage der arbeitenden Klasse • **Ludwig Feuerbach** • Das Wesen des Christentums • **Johann G. Fichte** • Reden an die deutsche Nation • **Fitzgerald** • Zärtlich ist die Nacht • **Flaubert** • Madame Bovary • **Gorch Fock** • Seefahrt ist not! • **Theodor Fontane** • Effi Briest • **Robert Musil** • Über die Dummheit • **Edgar Wallace** • Der Frosch mit der Maske • **Jakob Wassermann** • Der Fall Maurizius • **Oscar Wilde** • Das Bildnis des Dorian Grey • **Émile Zola** • Germinal • **Stefan Zweig** • Schachnovelle • **Hugo von Hofmannsthal** • Der Tor und der Tod • **Anton Tschechow** • Ein Heiratsantrag • **Arthur Schnitzler** • Reigen • **Friedrich Schiller** • Kabale und Liebe • **Nicolo Machiavelli** • Der Fürst • **Gotthold E. Lessing** • Nathan der Weise • **Augustinus** • Die Bekenntnisse des heiligen Augustinus • **Marcus Aurelius** • Selbstbetrachtungen • **Charles Baudelaire** • Die Blumen des Bösen • **Harriett Stowe** • Onkel Toms Hütte • **Walter Benjamin** • Deutsche Menschen • **Hugo Bettauer** • Die Stadt ohne Juden • **Lewis Caroll** • *und viele mehr....*

Immanuel Kant

Zum ewigen Frieden

Wortgetreuer Neudruck der Erstausgabe (Zweitdruck) von

1795

Inhalt

Ob diese satyrische Ueberschrift auf dem Schilde jenes holländischen Gastwirths, worauf ein Kirchhof gemahlt war, die Menschen überhaupt, oder besonders die Staatsoberhäupter, die des Krieges nie satt werden können, oder wohl gar nur die Philosophen gelte, die jenen süßen Traum träumen, mag dahin gestellt seyn. Das bedingt sich aber der Verfasser des Gegenwärtigen aus, daß, da der praktische Politiker mit dem theoretischen auf dem Fuß steht, mit großer Selbstgefälligkeit auf ihn als einen Schulweisen herabzusehen, der dem Staat, welcher von Erfahrungsgrundsätzen ausgehen müsse, mit seinen sachleeren Ideen keine Gefahr bringe, und den man immer seine eilf Kegel auf einmal werfen lassen kann, ohne, daß sich der weltkundige Staatsmann daran kehren darf, dieser auch, im Fall eines Streits mit jenem sofern konsequent verfahren müsse, hinter seinen auf gut Glück gewagten, und öffentlich geäusserten Meynungen nicht Gefahr für den Staat zu wittern; – durch welche Clausula salvatoria der Verfasser dieses sich dann hiemit in der besten Form wider alle bösliche Auslegung ausdrücklich verwahrt wissen will.

Erster Abschnitt

welcher die Präliminarartikel zum ewigen Frieden unter Staaten enthält.

1. „Es soll kein Friedensschluß für einen solchen gelten, der mit dem geheimen Vorbehalt des Stoffs zu einem künftigen Kriege gemacht worden."

Denn alsdenn wäre er ja ein bloßer Waffenstillstand, Aufschub der Feindseligkeiten, nicht Friede, der das Ende aller Hostilitäten bedeutet, und dem das

Beywort ewig anzuhängen ein schon verdächtiger Pleonasm ist. Die vorhandene, obgleich jetzt vielleicht den Pacifcirenden selbst noch nicht bekannte, Ursachen zum künftigen Kriege sind durch den Friedensschluß insgesammt vernichtet, sie mögen auch aus archivarischen Dokumenten mit noch so scharfsichtiger Ausspähungsgeschicklichkeit ausgeklaubt seyn. – Der Vorbehalt (reseruatio mentalis) alter allererst künftig auszudenkender Prätensionen, deren kein Theil für jetzt Erwähnung thun mag, weil beyde zu sehr erschöpft sind, den Krieg fortzusetzen, bey dem bösen Willen, die erste günstige Gelegenheit zu diesem Zweck zu benutzen, gehört zur Jesuitencasuistik, und ist unter der Würde der Regenten, so wie die Willfährigkeit zu dergleichen Deduktionen unter der Würde eines Ministers desselben, wenn man die Sache, wie sie an sich selbst ist beurtheilt. –

Wenn aber, nach aufgeklärten Begriffen der Staatsklugheit, in beständiger Vergrößerung der Macht, durch welche Mittel es auch sey, die wahre Ehre des Staats gesetzt wird, so fällt freylich jenes Urtheil als schulmäßig und pedantisch in die Augen.

2. „Es soll kein für sich bestehender Staat (klein oder groß, das gilt hier gleichviel) von einem andern Staate durch Erbung, Tausch, Kauf oder Schenkung, erworben werden können."

Ein Staat ist nämlich nicht (wie etwa der Boden, auf dem er seinen Sitz hat) eine Haabe (patrimonium). Er ist eine Gesellschaft von Menschen, über die Niemand anders, als er selbst, zu gebieten und zu disponiren hat. Ihn aber, der selbst als Stamm seine eigene Wurzel hatte, als Pfropfreis einem andern Staate einzuverleiben, heißt seine Existenz, als einer moralischen Person, aufheben, und aus der letzteren eine Sache machen, und widerspricht also der Idee des ursprünglichen Vertrags, ohne die sich kein Recht über ein Volk denken läßt. In welche Gefahr das Vorurtheil dieser Erwerbungsart Europa, denn die andern Welttheile haben nie davon gewußt, in unsern bis auf die neuesten Zeiten gebracht habe, daß sich nämlich auch Staaten einander heurathen könnten, ist jedermann bekannt, theils als eine neue Art von Industrie, sich auch ohne Aufwand von Kräften durch Familienbündnisse übermächtig zu machen, theils auch auf solche Art den Länderbesitz zu erweitern. – Auch die Verdingung der Truppen eines Staats an einen andern, gegen einen nicht gemeinschaftlichen Feind, ist dahin zu zählen; denn die Unterthanen werden dabey als nach Belieben zu handhabende Sachen gebraucht und verbraucht.

3. „Stehende Heere (miles perpetuus) sollen mit der Zeit ganz aufhören."

Denn sie bedrohen andere Staaten unaufhörlich mit Krieg, durch die Bereitschaft, immer dazu gerüstet zu erscheinen; reitzen diese an, sich einander in Menge der gerüsteten, die keine Grenzen kennt, zu übertreffen, und, indem durch die darauf verwandten Kosten der Friede endlich noch drückender wird als ein kurzer Krieg, so sind sie selbst Ursache von Angriffskriegen, um diese Last loszuwerden; wozu kommt, daß zum Tödten, oder getödtet zu werden in Sold genommen zu seyn, einen Gebrauch von Menschen als bloßen Maschinen und Werkzeugen in der Hand eines Andern (des Staats) zu enthalten scheint, der sich nicht wohl mit dem Rechte der Menschheit in unserer eigenen Person vereinigen läßt ". Ganz anders ist es mit der freywilligen periodisch vorgenommenen Uebung der Staatsbürger in

Waffen bewandt, sich und ihr Vaterland dadurch gegen Angriffe von außen zu sichern. – Mit der Anhäufung eines Schatzes würde es eben so gehen, daß er, von andern Staaten als Bedrohung mit Krieg angesehen, zu zuvorkommenden Angriffen nöthigte (weil unter den drey Mächten, der Heeresmacht, der Bundesmacht und der Geldmacht, die letztere wohl das zuverläßigste Kriegswerkzeug seyn dürfte; wenn nicht die Schwierigkeit, die Größe desselben zu erforschen, dem entgegenstände).

4. „Es sollen keine Staatsschulden in Beziehung auf äußere Staatshändel gemacht werden."

Zum Behuf der Landesökonomie (der Wegebesserung, neuer Ansiedelungen, Anschaffung der Magazine für besorgliche Mißwachsjahre u. s. w.), außerhalb oder innerhalb dem Staate Hülfe zu suchen, ist diese Hülfsquelle unverdächtig. Aber, als entgegenwirkende Maschine der Mächte gegen einander, ist ein Creditsystem ins Unabsehliche anwachsender und doch immer für die gegenwärtige Forderung (weil sie doch nicht von allen Gläubigern auf einmal geschehen wird) gesicherter Schulden, – die sinnreiche Erfindung eines handeltreibenden Volks in diesem Jahrhundert –, eine gefährliche Geldmacht, nämlich ein Schatz zum Kriegführen, der die Schätze aller andern Staaten zusammengenommen übertrifft, und nur durch den einmal bevorstehenden Ausfall der Taxen (der doch auch durch die Belebung des Verkehrs, vermittelst der Rückwirkung auf Industrie und Erwerb, noch lange hingehalten wird) erschöpft werden kann. Diese Leichtigkeit Krieg zu führen, mit der Neigung der Machthabenden dazu, welche der menschlichen Natur eingeartet zu seyn scheint, verbunden, ist also ein großes Hinderniß des ewigen

Friedens, welches zu verbieten um desto mehr ein Präliminarartikel desselben seyn müsste, weil der endlich doch unvermeidliche Staatsbankerott manche andere Staaten unverschuldet in den Schaden mit verwickeln muß, welches eine öffentliche Läsion der letzteren seyn würde. Mithin sind wenigstens andere Staaten berechtigt, sich gegen einen solchen und dessen Anmaßungen zu verbünden.

5. „Kein Staat soll sich in die Verfassung und Regierung eines andern Staats gewaltthätig einmischen."

Denn was kann ihn dazu berechtigen? Etwa das Skandal, was er den Unterthanen eines andern Staats giebt? Es kann dieser vielmehr, durch das Beyspiel der grossen Uebel, die sich ein Volk durch seine Gesetzlosigkeit zugezogen hat, zur Warnung dienen; und überhaupt ist das böse Beyspiel, was eine freye Person der andern giebt, (als scandalum acceptum) keine Läsion derselben. – Dahin würde zwar nicht zu ziehen seyn, wenn ein Staat sich durch innere Veruneinigung in zwey Theile spaltete, deren jeder für sich einen besondern Staat vorstellt, der auf das Ganze Anspruch macht; wo einem derselben Beystand zu leisten einem äußern Staat nicht für Einmischung in die Verfassung des andern (denn es ist alsdann Anarchie) angerechnet werden könnte. So lange aber dieser innere Streit noch nicht entschieden ist, würde diese Einmischung äußerer Mächte Verletzung der Rechte eines nur mit seiner innern Krankheit ringenden, von keinem andern abhängigen Volks, selbst also ein gegebenes Skandal seyn, und die Autonomie aller Staaten unsicher machen.

6. „Es soll sich kein Staat im Kriege mit einem andern solche Feindseligkeiten erlauben, welche das wechselseitige Zutrauen im künftigen Frieden unmöglich machen müssen:

als da sind, Anstellung

der Meuchelmörder "(percussores), Giftmischer (venefici),

„ Brechung der Capitulation, Anstiftung „des

Verraths (perduellio), „in dem bekriegten Staat etc."

Das sind ehrlose Stratagemen. Denn irgend ein Vertrauen auf die Denkungsart des Feindes muß mitten im Kriege noch übrig bleiben, weil sonst auch kein Friede abgeschlossen werden könnte, und die Feindseligkeit in einen Ausrottungskrieg (bellum internecinum) ausschlagen würde; da der Krieg doch nur das traurige Nothmittel im Naturzustande ist, (wo kein Gerichtshof vorhanden ist, der rechtskräftig urtheilen könnte) durch Gewalt sein Recht zu behaupten; wo keiner von beyden Theilen für einen ungerechten Feind erklärt werden kann (weil das schon einen Richterausspruch voraussetzt), sondern der Ausschlag desselben (gleich als vor einem so genannten

Gottesgerichte) entscheidet, auf wessen Seite das Recht ist; zwischen Staaten aber sich kein Bestrafungskrieg (bellum punitiuum) denken läßt (weil zwischen ihnen kein Verhältniß eines Obern zu einem Untergebenen statt findet). – Woraus denn folgt: daß ein Ausrottungskrieg, wo die Vertilgung beyde Theile zugleich, und mit dieser auch alles Rechts treffen kann, den ewigen Frieden nur auf dem großen Kirchhofe der Menschengattung statt finden lassen würde. Ein solcher Krieg also, mithin auch der Gebrauch der Mittel, die dahin führen, muß schlechterdings unerlaubt seyn. – Daß aber die genannte Mittel unvermeidlich dahin führen, erhellet daraus: daß jene höllische Künste, da sie an sich selbst niederträchtig sind, wenn sie in Gebrauch gekommen, sich nicht lange innerhalb der Grenze des Krieges halten, wie etwa der Gebrauch der Spione (vti exploratoribus), wo nur die Ehrlosigkeit Anderer (die nun einmal nicht ausgerottet werden kann) benutzt wird, sondern auch in den Friedenszustand übergehen, und so die Absicht desselben gänzlich vernichten würden.

* * *

Obgleich die angeführte Gesetze objektiv, d. i. in der Intention der Machthabenden, lauter Verbotgesetze (leges prohibitiuae) sind, so sind doch einige derselben von der strengen, ohne Unterschied der Umstände geltenden Art (leges strictae), die sofort auf Abschaffung dringen (wie Nr. 1, 5, 6), andere aber (wie Nr. 2, 3, 4), die zwar nicht als Ausnahmen von der Rechtsregel, aber doch in Rücksicht auf die Ausübung derselben, durch die Umstände, subjektiv für die Befugniß erweiternd (leges latae), und Erlaubnisse enthalten, die Vollführung aufzuschieben, ohne doch den Zweck aus den Augen zu verlieren, der diesen Aufschub, z. B.

der Wiedererstattung der gewissen Staaten, nach Nr. 2, entzogenen Freyheit, nicht auf den Nimmertag (wie August zu versprechen pflegte, ad calendas graecas) auszusetzen, mithin die Nichterstattung, sondern nur, damit sie nicht übereilt und so der Absicht selbst zuwider geschehe, die Verzögerung erlaubt. Denn das Verbot betrifft hier nur die Erwerbungsart, die fernerhin nicht gelten soll, aber nicht den Besitzstand, der, ob er zwar nicht den erforderlichen Rechtstitel hat, doch zu seiner Zeit (der putativen Erwerbung), nach der damaligen öffentlichen Meynung, von allen Staaten für rechtmäßig gehalten wurde .

Zweyter Abschnitt

welcher die Definitivartikel zum ewigen Frieden unter

Staaten enthält.

Der Friedenszustand unter Menschen, die neben einander leben, ist kein Naturstand (status naturalis), der vielmehr ein Zustand des Krieges ist, d. i. wenn gleich nicht immer ein Ausbruch der Feindseligkeiten, doch immerwährende Bedrohung mit denselben. Er muß also gestiftet werden; denn die Unterlassung der letzteren ist noch nicht Sicherheit dafür, und, ohne daß sie einem Nachbar von dem andern geleistet wird (welches aber nur in einem gesetzlichen Zustande geschehen kann), kann jener diesen, welchen er dazu aufgefordert hat, als einen Feind behandeln .

Erster Definitivartikel zum ewigen Frieden.

Die bürgerliche Verfassung in jedem Staat soll republikanisch seyn.

Die erstlich nach Principien der Freyheit der Glieder einer Gesellschaft (als Menschen); zweytens nach Grundsätzen der Abhängigkeit aller von einer einzigen gemeinsamen Gesetzgebung (als Unterthanen); und drittens, die nach dem Gesetz der Gleichheit derselben (als Staatsbürger) gestiftete Verfassung – die einzige, welche aus der Idee des ursprünglichen Vertrags hervorgeht, auf der alle rechtliche Gesetzgebung eines Volks gegründet seyn muß – ist die republikanische –. Diese ist also, was das Recht betrifft, an sich selbst diejenige, welche allen Arten der bürgerlichen Constitution ursprünglich zum Grunde liegt;

und nun ist nur die Frage: ob sie auch die einzige ist, die zum ewigen Frieden hinführen kann?

Nun hat aber die republikanische Verfassung, außer der Lauterkeit ihres Ursprungs, aus dem reinen Quell des Rechtsbegriffs entsprungen zu seyn, noch die Aussicht in die gewünschte Folge, nämlich den ewigen Frieden; wovon der Grund dieser ist. – Wenn (wie es in dieser Verfassung nicht anders seyn kann) die Beystimmung der Staatsbürger dazu erfordert wird, um zu beschließen, „ob Krieg „seyn solle oder nicht," so ist nichts natürlicher, als daß, da sie alle Drangsale des Krieges über sich selbst beschließen müßten (als da sind: selbst zu fechten; die Kosten des Krieges aus ihrer eigenen Haabe herzugeben; die Verwüstung, die er hinter sich läßt, kümmerlich zu verbessern; zum Uebermaße des Uebels endlich noch eine, den Frieden selbst verbitternde, nie (wegen naher immer neuer Kriege) zu tilgende Schuldenlast selbst zu übernehmen), sie sich sehr bedenken werden, ein

so schlimmes Spiel anzufangen: Da hingegen in einer

Verfassung, wo der Unterthan nicht Staatsbürger, die also

nicht republikanisch ist, es die unbedenklichste Sache von

der Welt ist, weil das Oberhaupt nicht Staatsgenosse,

sondern Staatseigenthümer ist, an seinen Tafeln, Jagden,

Lustschlössern, Hoffesten u. d. gl. durch den Krieg nicht das

Mindeste einbüßt, diesen also wie eine Art von Lustparthie

aus unbedeutenden Ursachen beschließen, und der

Anständigkeit wegen dem dazu allezeit fertigen

diplomatischen Corps die Rechtfertigung desselben

gleichgültig überlassen kann.

* * *

Damit man die republikanische Verfassung nicht (wie

gemeiniglich geschieht) mit der demokratischen

verwechsele, muß Folgendes bemerkt werden. Die Formen eines Staats (ciuitas) können entweder nach dem Unterschiede der Personen, welche die oberste Staatsgewalt inne haben, oder nach der Regierungsart des Volke durch sein Oberhaupt, er mag seyn welcher er wolle, eingetheilt werden; die erste heißt eigentlich die Form der Beherrschung (forma imperii), und es sind nur drey derselben möglich, wo nämlich entweder nur Einer, oder Einige unter sich verbunden, oder Alle zusammen, welche die bürgerliche Gesellschaft ausmachen, die Herrschergewalt besitzen (Autokratie, Aristokratie und Demokratie, Fürstengewalt, Adelsgewalt und Volksgewalt). Die zweyte ist die Form der Regierung (forma regiminis), und betrifft die, auf die Constitution (den Akt des allgemeinen Willens, wodurch die Menge ein Volk wird) gegründete Art, wie der Staat von seiner

Machtvollkommenheit Gebrauch macht: und ist in dieser Beziehung entweder republikanisch oder despotisch. Der Republikanism ist das Staatsprincip der Absonderung der ausführenden Gewalt (der Regierung) von der Gesetzgebenden; der Despotism ist das der eigenmächtigen Vollziehung des Staats von Gesetzen, die er selbst gegeben hat, mithin der öffentliche Wille, sofern er von dem Regenten als sein Privatwille gehandhabt wird. – Unter den drey Staatsformen ist die der Demokratie, im eigentlichen Verstände des Worts, nothwendig ein Despotism, weil sie eine exekutive Gewalt gründet, da alle über und allenfalls auch wider Einen (der also nicht mit einstimmt), mithin Alle, die doch nicht Alle sind, beschliessen; welches ein Widerspruch des allgemeinen Willens mit sich selbst und mit der Freyheit ist.

Alle Regierungsform nämlich, die nicht repräsentativ ist, ist eigentlich eine Unform, weil der Gesetzgeber in einer und derselben Person zugleich Vollstrecker seines Willens (so wenig, wie das Allgemeine des Obersatzes in einem Vernunftschluffe zugleich die Subsumtion des Besondern unter jenem im Untersatze) seyn kann, und, wenn gleich die zwey andern Staatsverfassungen so fern immer fehlerhaft sind, daß sie einer solchen Regierungsart Raum geben, so ist es bey ihnen doch wenigstens möglich, daß sie eine dem Geiste eines repräsentativen Systems gemäße Regierungsart annähmen, wie etwa Friedrich II. wenigstens sagte: er sey bloß der oberste Diener des Staats, da hingegen die demokratische es unmöglich macht, weil Alles da Herr seyn will. – Man kann daher sagen: je kleiner das Personale der Staatsgewalt (die Zahl der Herrscher), je größer dagegen die Repräsentation derselben, desto mehr stimmt die Staatsverfassung zur Möglichkeit des Republikanism, und sie kann hoffen, durch allmähliche Reformen sich dazu endlich zu erheben. Aus diesem Grunde ist es in der Aristokratie schon schwerer, als in der Monarchie, in der Demokratie aber unmöglich anders, als durch gewaltsame Revolution zu dieser einzigen vollkommen rechtlichen Verfassung zu gelangen. Es ist aber an der Regierungsart dem Volk ohne alle Vergleichung mehr gelegen, als an der Staatsform (wiewohl auch auf dieser ihre mehrere oder mindere Angemessenheit zu jenem Zwecke sehr viel ankommt). Zu jener aber, wenn sie dem Rechtsbegriffe gemäß seyn soll, gehört das repräsentative System, in welchem allein eine republikanische Regierungsart möglich, ohne welches sie (die Verfassung mag seyn welche sie wolle) despotisch und gewaltthätig ist. – Keine der alten so genannten Republiken hat dieses gekannt, und sie mußten sich darüber auch schlechterdings in den Despotism auflösen, der unter der Obergewalt eines Einzigen noch der erträglichste unter allen ist.

Zweyter Definitivartikel zum ewigen Frieden.

Das Völkerrecht soll auf einen Föderalism freyer Staaten gegründet seyn.

Völker, als Staaten, können wie einzelne Menschen beurtheilt werden, die sich in ihrem Naturzustande (d. i. in der Unabhängigkeit von äußern Gesetzen) schon durch ihr Nebeneinanderseyn lädiren, und deren jeder, um seiner Sicherheit willen, von dem andern fordern kann und soll, mit ihm in eine, der bürgerlichen ähnliche, Verfassung zu treten, wo jedem sein Recht gesichert werden kann. Dies wäre ein Völkerbund, der aber gleichwohl kein Völkerstaat seyn müßte. Darinn aber wäre ein Widerspruch; weil ein jeder

Staat das Verhältnis eines Oberen (Gesetzgebenden) zu einem Unteren (gehorchenden, nämlich dem Volk) enthält, viele Völker aber in einem Staat nur ein Volk ausmachen würden, welches (da wir hier das Recht der Völker gegen einander zu erwägen haben, so fern sie so viel verschiedene Staaten ausmachen, und nicht in einem Staat zusammenschmelzen sollen) der Voraussetzung widerspricht.

–

Gleichwie wir nun die Anhänglichkeit der Wilden an ihre gesetzlose Freyheit, sich lieber unaufhörlich zu balgen, als sich einem gesetzlichen, von ihnen selbst zu constituirenden, Zwange zu unterwerfen, mithin die tolle Freyheit der vernünftigen vorzuziehen, mit tiefer Verachtung ansehen, und als Rohigkeit, Ungeschliffenheit, und viehische

Abwürdigung der Menschheit betrachten, so, sollte man denken, müßten gesittete Völker (jedes für sich zu einem Staat vereinigt) eilen, aus einem so verworfenen Zustande je eher desto lieber herauszukommen: Statt dessen aber setzt vielmehr jeder Staat seine Majestät (denn Volksmajestät ist ein ungereimter Ausdruck) gerade darin, gar keinem äußeren gesetzlichen Zwange unterworfen zu seyn, und der Glanz seines Oberhaupts besteht darin, daß ihm, ohne daß er sich eben selbst in Gefahr setzen darf, viele Tausende zu Gebot stehen, sich für eine Sache, die sie nichts angeht, aufopfern zu lassen, und der Unterschied der europäischen Wilden von den amerikanischen besteht hauptsächlich darin, daß, da manche Stämme der letzteren von ihren Feinden gänzlich sind gegessen worden, die ersteren ihre Ueberwundene besser zu benutzen wissen, als sie zu verspeisen, und lieber die Zahl ihrer Unterthanen, mithin auch die Menge der Werkzeuge zu noch ausgebreiteteren Kriegen durch sie zu vermehren wissen.

Bey der Bösartigkeit der menschlichen Natur, die sich im freyen Verhältnis der Völker unverholen blicken läßt (indessen daß sie im bürgerlich-gesetzlichen Zustande durch den Zwang der Regierung sich sehr verschleyert), ist es doch sehr zu verwundern, daß das Wort Recht aus der Kriegspolitik noch nicht als pedantisch ganz hat verwiesen werden können, und sich noch kein Staat erkühnet hat, sich für die letztere Meynung öffentlich zu erklären; denn noch werden Hugo Grotius, Puffendorf, Vattell u. a. m. (lauter leidige Tröster), obgleich ihr Codex, philosophisch oder diplomatisch abgefaßt, nicht die mindeste gesetzliche Kraft hat, oder auch nur haben kann (weil Staaten als solche nicht unter einem gemeinschaftlichen äußeren Zwange stehen), immer treuherzig zur Rechtfertigung eines Kriegsangriffs angeführt, ohne daß es ein Beyspiel giebt, daß jemals ein Staat durch mit Zeugnissen so wichtiger Männer bewaffnete Argumente wäre bewogen worden, von seinem Vorhaben abzustehen. – Diese Huldigung, die jeder Staat dem Rechtsbegriffe (wenigstens den Worten nach) leistet, beweist doch, daß eine noch größere, ob zwar zur Zeit schlummernde, moralische Anlage im Menschen anzutreffen sey, über das böse Princip in ihm (was er nicht ableugnen kann) doch einmal Meister zu werden, und dies auch von andern zu hoffen; denn sonst würde das Wort Recht den Staaten, die sich einander befehden wollen, nie in den Mund kommen, es sey denn, bloß um seinen Spott damit zu treiben, wie jener gallische Fürst es erklärte: "Es ist der Vorzug, den die Natur dem Stärkern über den Schwächern gegeben hat, daß dieser ihm gehorchen soll."

Da die Art, wie Staaten ihr Recht verfolgen, nie, wie bey einem äußern Gerichtshofe, der Proceß, sondern nur der Krieg seyn kann, durch diesen aber und seinen günstigen Ausschlag, den Sieg, das Recht nicht entschieden wird, und durch den Friedensvertrag zwar wohl dem diesmaligen Kriege, aber nicht dem Kriegszustande (immer zu einem neuen Vorwand zu finden) ein Ende gemacht wird (den man auch nicht geradezu für ungerecht erklären kann, weil in diesem Zustande jeder in seiner eigenen Sache Richter ist), gleichwohl aber von Staaten, nach dem Völkerrecht, nicht eben das gelten kann, was von Menschen im gesetzlosen Zustande nach dem Naturrecht gilt, „aus diesem Zustande herausgehen zu sollen" (weil sie, als Staaten, innerlich schon eine rechtliche Verfassung haben, und also dem Zwange anderer, sie nach ihren Rechtsbegriffen unter eine erweiterte gesetzliche Verfassung zu bringen, entwachsen sind), indessen daß doch die Vernunft vom Throne der höchsten moralisch gesetzgebenden Gewalt herab, den Krieg als Rechtsgang schlechterdings verdammt, den Friedenszustand dagegen zur unmittelbaren Pflicht macht, welcher doch, ohne einen Vertrag der Völker unter sich, nicht gestiftet oder gesichert werden kann: – so muß es einen Bund von besonderer Art geben, den man den Friedensbund (foedus pacificum) nennen kann, der vom Friedensvertrag (pactum pacis) darin unterschieden seyn würde, daß dieser bloß einen Krieg, jener aber alle Kriege auf immer zu endigen suchte. Dieser Bund geht auf keinen Erwerb irgend einer Macht des Staats, sondern lediglich auf Erhaltung und Sicherung der Freyheit eines Staats, für sich selbst und zugleich anderer verbündeten Staaten, ohne daß diese doch sich deshalb (wie Menschen im Naturzustande) öffentlichen Gesetzen, und einem Zwange unter denselben, unterwerfen dürfen. – Die Ausführbarkeit (objective Realität) dieser Idee der Föderalität, die sich allmählig über alle Staaten erstrecken soll, und so zum ewigen Frieden hinführt, läßt sich darstellen. Denn wenn das Glück es so fügt: daß ein mächtiges und aufgeklärtes Volk sich zu einer Republik (die ihrer Natur nach, zum ewigen Frieden geneigt seyn muß) bilden kann, so giebt diese einen Mittelpunkt der föderativen Vereinigung für andere Staaten ab, um sich an sie anzuschließen, und so den Freyheitszustand der Staaten, gemäß der Idee des Völkerrechts, zu sichern, und sich durch mehrere Verbindungen dieser Art nach und nach immer weiter auszubreiten.

–

Daß ein Volk sagt: „es soll unter uns kein Krieg seyn; denn wir wollen uns in einen Staat formiren, d. i. uns selbst eine oberste gesetzgebende, regierende und richtende Gewalt setzen, die unsere Streitigkeiten friedlich ausgleicht" – das läßt sich verstehen. – – Wenn aber dieser Staat sagt: „es soll kein Krieg zwischen mir und andern Staaten seyn, obgleich ich keine oberste gesetzgebende Gewalt erkenne, die mir mein, und der ich ihr Recht sichere," so ist es gar nicht zu verstehen, worauf ich dann das Vertrauen zu meinem Rechte gründen wolle, wenn es nicht das Surrogat des bürgerlichen Gesellschaftsbundes, nämlich der freye Föderalism ist, den die Vernunft mit dem Begriffe des Völkerrechts nothwendig verbinden muß, wenn überall etwas dabey zu denken übrig bleiben soll.

–

Bey dem Begriffe des Völkerrechts, als eines Rechts zum Kriege, läßt sich eigentlich gar nichts denken (weil es ein Recht seyn soll, nicht nach allgemein gültigen äußern, die Freyheit jedes Einzelnen einschränkenden Gesetzen, sondern nach einseitigen Maximen durch Gewalt, was Recht sey, zu bestimmen), es müßte denn darunter verstanden werden: daß Menschen, die so gesinnet sind, ganz recht geschieht, wenn sie sich unter einander aufreiben, und also den ewigen Frieden in dem weiten Grabe finden, das alle Gräuel der Gewalttätigkeit sammt ihren Urhebern bedeckt. – Für Staaten, im Verhältnisse unter einander, kann es nach der Vernunft keine andere Art geben, aus dem gesetzlosen Zustande, der lauter Krieg enthält, herauszukommen, als daß sie, eben so wie einzelne Menschen, ihre wilde (gesetzlose) Freyheit aufgeben, sich zu öffentlichen Zwangsgesetzen bequemen, und so einen (freylich immer wachsenden) Völkerstaat (ciuitas gentium), der zuletzt alle Völker der Erde befassen würde, bilden. Da sie dieses aber nach ihrer Idee vom Völkerrecht durchaus nicht wollen, mithin, was in thesi richtig ist, in hypothesi verwerfen, so kann an die Stelle der positiven Idee einer Weltrepublik (wenn nicht alles verlohren werden soll) nur das negative Surrogat eines den Krieg abwehrenden, bestehenden, und sich immer ausbreitenden Bundes, den Strom der rechtscheuenden, feindseligen Neigung aufhalten, doch mit beständiger Gefahr ihres Ausbruchs (Furor impius intus fremit horridus ore cruento. Virgil.).

Dritter Definitivartikel zum ewigen Frieden.

„Das Weltbürgerrecht soll auf Bedingungen der allgemeinen Hospitalität eingeschränkt seyn."

Es ist hier, wie in den vorigen Artikeln, nicht von Philanthrophie, sondern vom Recht die Rede, und da bedeutet Hospitalität (Wirthbarkeit) das Recht eines Fremdlings, seiner Ankunft auf dem Boden eines andern wegen, von diesem nicht feindselig behandelt zu werden. Dieser kann ihn abweisen, wenn es ohne seinen Untergang geschehen kann; so lange er aber auf seinem Platz sich friedlich verhält, ihm nicht feindlich begegnen. Es ist kein Gastrecht, worauf dieser Anspruch machen kann (wozu ein besonderer wohlthätiger Vertrag erfordert werden würde, ihn auf eine gewisse Zeit zum Hausgenossen zu machen), sondern ein Besuchsrecht, welches allen Menschen zusteht, sich zur Gesellschaft anzubieten, vermöge des Rechts des gemeinschaftlichen Besitzes der Oberfläche der Erde, auf der, als Kugelfläche, sie sich nicht ins Unendliche zerstreuen können, sondern endlich sich doch neben einander dulden zu müssen, ursprünglich aber niemand an einem Orte der Erde zu seyn, mehr Recht hat, als der Andere. – Unbewohnbare Theile dieser Oberfläche, das Meer und die Sandwüsten, trennen diese Gemeinschaft, doch so, daß das Schiff, oder das Kameel (das Schiff der Wüste) es möglich machen, über diese herrenlose Gegenden sich einander zu nähern, und das Recht der Oberfläche, welches der Menschengattung gemeinschaftlich zukommt, zu einem möglichen Verkehr zu benutzen. Die Unwirthbarkeit der Seeküsten (z. B. der Barbaresken), Schiffe in nahen Meeren zu rauben, oder gestrandete Schiffsleute zu Sklaven zu machen, oder die der Sandwüsten (der arabischen Beduinen), die Annäherung zu den nomadischen Stämmen als ein Recht anzusehen, sie zu plündern, ist also dem Naturrecht zuwider, welches Hospitalitätsrecht aber, d. i. die Befugnis der fremden Ankömmlinge, sich nicht weiter erstreckt, als auf die Bedingungen der Möglichkeit, einen Verkehr mit den alten Einwohnern zu versuchen. – Auf diese Art können entfernte Welttheile mit einander friedlich in Verhältnisse kommen, die zuletzt öffentlich gesetzlich werden, und so das menschliche Geschlecht endlich einer weltbürgerlichen Verfassung immer näher bringen können.

Vergleicht man hiemit das inhospitale Betragen der gesitteten, vornehmlich handeltreibenden Staaten unseres Welttheils, so geht die Ungerechtigkeit, die sie in dem Besuche fremder Länder und Völker (welches ihnen mit dem Erobern derselben für einerley gilt) beweisen, bis zum Erschrecken weit. Amerika, die Negerländer, die Gewürzinseln, das Kap etc. waren, bey ihrer Entdeckung, für sie Länder, die keinem angehörten; denn die Einwohner rechneten sie für nichts. In Ostindien (Hindustan) brachten sie, unter dem Vorwände blos beabsichtigter

Handelsniederlagen, fremde Kriegesvölker hinein, mit ihnen aber Unterdrückung der Eingebohrnen, Aufwiegelung der verschiedenen Staaten desselben zu weit ausgebreiteten Kriegen, Hungersnoth, Aufruhr, Treulosigkeit, und wie die Litaney aller Uebel, die das menschliche Geschlecht drücken, weiter lauten mag.

China und Japan (Nipon), die den Versuch mit solchen Gästen gemacht hatten, haben daher weislich, jenes zwar den Zugang, aber nicht den Eingang, dieses auch den ersteren nur einem einzigen europäischen Volk, den Holländern, erlaubt, die sie aber doch dabey, wie Gefangene, von der Gemeinschaft mit den Eingebohrnen ausschließen. Das Aergste hiebey (oder, aus dem Standpunkte eines moralischen Richters betrachtet, das Beste) ist, daß sie dieser Gewaltthätigkeit nicht einmal froh werden, daß alle diese Handlungsgesellschaften auf dem Punkte des nahen

Umsturzes stehen, daß die Zuckerinseln, dieser Sitz der allergrausamsten und ausgedachtesten Sklaverey, keinen wahren Ertrag abwerfen, sondern nur mittelbar, und zwar zu einer nicht sehr löblichen Absicht, nämlich zu Bildung der Matrosen für Kriegsflotten, und also wieder zu Führung der Kriege in Europa dienen, und dieses möchten, die von der Frömmigkeit viel Werks machen, und, indem sie Unrecht wie Wasser trinken, sich in der Rechtgläubigkeit für Auserwählte gehalten wissen wollen.

Da es nun mit der unter den Völkern der Erde einmal durchgängig überhand genommenen (engeren oder weiteren) Gemeinschaft so weit gekommen ist, daß die Rechtsverletzung an einem Platz der Erde an allen gefühlt wird: so ist die Idee eines Weltbürgerrechts keine phantastische und überspannte Vorstellungsart des Rechts, sondern eine nothwendige Ergänzung des ungeschriebenen

Codex, sowohl des Staats- als Völkerrechts zum öffentlichen Menschenrechte überhaupt, und so zum ewigen Frieden, zu dem man sich in der continuirlichen Annäherung zu befinden, nur unter dieser Bedingung schmeicheln darf.

Zusatz.

Von der Garantie des ewigen Friedens.

Das, was diese Gewähr (Garantie) leistet, ist nichts Geringeres, als die große Künstlerin, Natur (natura daedala rerum), aus deren mechanischem Laufe sichtbarlich Zweckmäßigkeit hervorleuchtet, durch die Zwietracht der Menschen Eintracht selbst wider ihren Willen emporkommen zu lassen, und darum, gleich als Nöthigung einer ihren Wirkungsgesetzen nach uns unbekannten

Ursache, Schicksal, bey Erwägung aber ihrer

Zweckmäßigkeit im Laufe der Welt, als tiefliegende Weisheit

einer höheren, auf den objectiven Endzweck des

menschlichen Geschlechts gerichteten, und diesen Weltlauf

prädeterminirenden Ursache Vorsehung genannt wird, die

wir zwar eigentlich nicht an diesen Kunstanstalten der

Natur erkennen, oder auch nur daraus auf sie schließen,

sondern (wie in aller Beziehung der Form der Dinge auf

Zwecke überhaupt) nur hinzudenken können und müssen,

um uns von ihrer Möglichkeit, nach der Analogie

menschlicher Kunsthandlungen, einen Begriff zu machen,

deren Verhältnis und Zusammenstimmung aber zu dem

Zwecke, den uns die Vernunft unmittelbar vorschreibt (dem

moralischen), sich vorzustellen, eine Idee ist, die zwar

in theoretischer Absicht überschwenglich, in praktischer

aber (z. B. in Ansehung des Pflichtbegriffs vom ewigen

Frieden, um jenen Mechanism der Natur dazu zu benutzen)

dogmatisch und ihrer Realität nach wohl gegründet ist. – Der

Gebrauch des Worts Natur ist auch, wenn es, wie hier, bloß

um Theorie (nicht um Religion) zu thun ist, schicklicher für

die Schranken der menschlichen Vernunft (als die sich in

Ansehung des Verhältnisses der Wirkungen zu ihren

Ursachen, innerhalb den Grenzen möglicher Erfahrung

halten muß) und bescheidener, als der Ausdruck einer für

uns erkennbaren Vorsehung, mit dem man sich

vermessenerweise ikarische Flügel ansetzt, um dem

Geheimnis ihrer unergründlichen Absicht näher zu

kommen.

Ehe wir nun diese Gewährleistung näher bestimmen, wird

es nöthig seyn, vorher den Zustand nachzusuchen, den die

Natur für die auf ihrem großen Schauplatz handelnde

Personen veranstaltet hat, der ihre Friedenssicherung zuletzt nothwendig macht; – alsdann aber allererst die Art, wie sie diese leiste.

Ihre provisorische Veranstaltung besteht darin: daß sie 1) für die Menschen in allen Erdgegenden gesorgt hat, daselbst leben zu können; – 2) sie durch Krieg allerwärts hin, selbst in die unwirthbarste Gegenden, getrieben hat, um sie zu bevölkern; 3) – durch eben denselben sie in mehr oder weniger gesetzliche Verhältnisse zu treten genöthigt hat. – Daß in den kalten Wüsten am Eismeer noch das Moos wächst, welches das Rennthier unter dem Schnee hervorscharrt, um selbst die Nahrung, oder auch das Angespann des Ostiaken oder Samojeden zu seyn; oder daß die salzigten Sandwüsten doch noch dem Cameel, welches zur Bereisung derselben gleichsam geschaffen zu seyn scheint, um sie nicht unbenutzt zu lassen, enthalten, ist schon bewundernswürdig. Noch deutlicher aber leuchtet der

Zweck hervor, wenn man gewahr wird, wie außer den

bepelzten Thieren am Ufer des Eismeeres, noch Robben,

Wallrosse und Wallfische an ihrem Fleische Nahrung, und

mit ihrem Thran Feurung für die dortigen Anwohner

darreichen. Am meisten aber erregt die Vorsorge der Natur

durch das Treibholz Bewunderung, was sie (ohne daß man

recht weiß, wo es herkommt) diesen gewächslosen Gegenden

zubringt, ohne welches Material sie weder ihre Fahrzeuge

und Waffen, noch ihre Hütten zum Aufenthalt zurichten

könnten; wo sie dann mit dem Kriege gegen die Thiere gnug

zu thun haben, um unter sich friedlich zu leben. – – Was sie

aber dahin getrieben hat, ist vermuthlich nichts anders als

der Krieg gewesen. Das erste Kriegswerkzeug aber unter

allen Thieren, die der Mensch, binnen der Zeit der

Erdbevölkerung, zu zähmen und häuslich zu machen gelernt

hatte, ist das Pferd (denn der Elephant gehört in die spätere

Zeit, nämlich des Luxus schon errichteter Staaten), so wie die Kunst, gewisse, für uns jetzt, ihrer ursprünglichen Beschaffenheit nach, nicht mehr erkennbare Grasarten, Getraide genannt, anzubauen, ingleichen die Vervielfältigung und Verfeinerung der Obstarten durch Verpflanzung und Einpfropfung (vielleicht in Europa bloß zweyer Gattungen, der Holzäpfel und Holzbirnen), nur im Zustande schon errichteter Staaten, wo gesichertes Grundeigenthun statt fand, entstehen konnte, – nachdem die Menschen vorher in gesetzloser Freyheit von dem Jagd-, Fischer- und Hirtenleben bis zum Ackerleben durchgedrungen waren, und nun Salz und Eisen erfunden ward, vielleicht die ersteren weit und breit gesuchten Artikel eines Handelsverkehrs verschiedener Völker wurden, wodurch sie zuerst in ein friedliches Verhältnis gegen einander, und so, selbst mit

Entfernteren, in Einverständnis, Gemeinschaft und friedliches Verhältnis unter einander gebracht wurden.

Indem die Natur nun dafür gesorgt hat, daß Menschen allerwärts auf Erden leben könnten, so hat sie zugleich auch despotisch gewollt, daß sie allerwärts leben sollten, wenn gleich wider ihre Neigung, und selbst ohne daß dieses Sollen zugleich einen Pflichtbegriff voraussetzte, der sie hiezu, vermittelst eines moralischen Gesetzes, verbände, – sondern sie hat, zu diesem ihrem Zweck zu gelangen, den Krieg gewählt. – Wir sehen nämlich Völker, die an der Einheit ihrer Sprache die Einheit ihrer Abstammung kennbar machen, wie die Samojeden am Eismeer einerseits, und ein Volk von ähnlicher Sprache, zweyhundert Meilen davon entfernt, im Altaischen Gebirge andererseits, wozwischen sich ein anderes, nämlich mongalisches, berittenes und hiemit kriegerisches Volk, gedrängt, und so jenen Theil ihres

Stammes, weit von diesem, in die unwirthbarsten Eisgegenden, versprengt hat, wo sie gewis nicht aus eigener Neigung sich hin verbreitet hätten ;– eben so die Finnen in der nordlichsten Gegend von Europa, Lappen genannt, von den jetzt eben so weit entferneten, aber der Sprache nach mit ihnen verwandten Ungern, durch dazwischen eingedrungne Gothische und Sarmatische Völker getrennt; und was kann wohl anders die Eskimos (vielleicht uralte Europäische Abentheurer, ein von allen Amerikanern ganz unterschiedenes Geschlecht) in Norden, und die Pescheräs, im Süden von Amerika, bis zum Feuerlande hingetrieben haben, als der Krieg, dessen sich die Natur als Mittels bedient, die Erde allerwärts zu bevölkern. Der Krieg aber selbst bedarf keines besondern Bewegungsgrundes, sondern scheint auf die menschliche Natur gepfropft zu seyn, und sogar als etwas Edles, wozu der Mensch durch den Ehrtrieb, ohne eigennützige Triebfedern, beseelt wird, zu gelten: so, daß Kriegesmuth (von amerikanischen Wilden sowohl, als den europäischen, in den Ritterzeilen) nicht bloß wenn Krieg ist (wie billig), sondern auch, daß Krieg sey, von unmittelbarem großem Werth zu seyn geurtheilt wird, und er oft, bloß um jenen zu zeigen, angefangen, mithin in dem Kriege an sich selbst eine innere Würde gesetzt wird, sogar daß ihm auch wohl Philosophen, als einer gewissen Veredelung der Menschheit, eine Lobrede halten, uneingedenk des Ausspruchs jenes Griechen: „Der Krieg ist darin schlimm, daß er mehr böse Leute macht, als er deren wegnimmt." – So viel von dem, was die Natur für ihren eigenen Zweck, in Ansehung der Menschengattung als einer Thierklasse, thut.

Jetzt ist die Frage, die das Wesentliche der Absicht auf den ewigen Frieden betrifft: „Was die Natur in dieser Absicht,

Beziehungsweise auf den Zweck, den dem Menschen seine eigene Vernunft zur Pflicht macht, mithin zu Begünstigung seiner moralischen Absicht thue, und wie sie die Gewähr leiste, daß dasjenige, was der Mensch nach Freyheitsgesetzen thun sollte, aber nicht thut, dieser Freyheit unbeschadet auch durch einen Zwang der Natur, daß er es thun werde, gesichert sey, und zwar nach allen drey Verhältnissen des öffentlichen Rechts, des Staats-, Völker- und welt-bürgerlichen Rechts" – Wenn ich von der Natur sage: sie will, daß dieses oder jenes geschehe, so heißt das nicht soviel, als: sie legt uns eine Pflicht auf, es zu thun (denn das kann nur die zwangsfreye praktische Vernunft), sondern sie thut es selbst, wir mögen wollen oder nicht (fata volentem ducunt, nolentem trahunt).

1. Wenn ein Volk auch nicht durch innere Mishelligkeit genöthigt würde, sich unter den Zwang öffentlicher Gesetze

zu begeben, so würde es doch der Krieg von außen thun, indem, nach der vorher erwähnten Naturanstalt, ein jedes Volk ein anderes es drängende Volk zum Nachbar vor sich findet, gegen das es sich innerlich zu einem Staat bilden muß, um, als Macht, gegen diesen gerüstet zu seyn. Nun ist die republikanische Verfassung die einzige, welche dem Recht der Menschen vollkommen angemessen, aber auch die schwerste zu stiften, vielmehr aber noch zu erhalten ist, dermaßen, daß viele behaupten, es müsse ein Staat von Engeln seyn, weil Menschen mit ihren selbstsüchtigen Neigungen einer Verfassung von so sublimer Form nicht fähig wären. Aber nun kommt die Natur dem verehrten, aber zur Praxis ohnmächtigen allgemeinen, in der Vernunft gegründeten Willen, und zwar gerade durch seine selbstsüchtige Neigungen, zu Hülfe, so, daß es nur auf eine gute Organisation des Staats ankommt (die allerdings im

Vermögen der Menschen ist), jener ihre Kräfte so gegen einander zu richten, daß eine die anderen in ihrer zerstöhrenden Wirkung aufhält, oder diese aufhebt: so daß der Erfolg für die Vernunft so ausfällt, als wenn beyde gar nicht da wären, und so der Mensch, wenn gleich nicht ein moralisch-guter Mensch, dennoch ein guter Bürger zu seyn gezwungen wird. Das Problem der Staatserrichtung ist, so hart wie es auch klingt, selbst für ein Volk von Teufeln (wenn sie nur Verstand haben), auflösbar und lautet so: „Eine Menge von vernünftigen Wesen, die insgesammt allgemeine Gesetze für ihre Erhaltung verlangen, deren jedes aber in Geheim sich davon auszunehmen geneigt ist, so zu ordnen und ihre Verfassung einzurichten, daß, obgleich sie in ihren Privatgesinnungen einander entgegen streben, diese einander doch so aufhalten, daß in ihrem öffentlichen Verhalten der Erfolg eben derselbe ist, als ob sie keine solche böse Gesinnungen hätten." Ein solches Problem muß auflöslich seyn. Denn es ist nicht die moralische Besserung der Menschen, sondern nur der Mechanism der Natur, von dem die Aufgabe zu wissen verlangt, wie man ihn an Menschen benutzen könne, um den Widerstreit ihrer unfriedlichen Gesinnungen in einem Volk so zu richten, daß sie sich unter Zwangsgesetze zu begeben einander selbst nöthigen, und so den Friedenszustand, in welchem Gesetze Kraft haben, herbeyführen müssen. Man kann dieses auch an den wirklich vorhandenen, noch sehr unvollkommen organisirten Staaten sehen, daß sie sich doch im äußeren Verhalten dem, was die Rechtsidee vorschreibt, schon sehr nähern, ob gleich das Innere der Moralität davon sicherlich nicht die Ursache ist (wie denn auch nicht von dieser die gute Staatsverfassung, sondern vielmehr umgekehrt, von der letzteren allererst die gute moralische Bildung eines Volks zu erwarten ist), mithin der Mechanism der Natur durch selbstsüchtige Neigungen, die natürlicherweise einander auch äußerlich entgegen wirken, von der Vernunft zu einem Mittel gebraucht werden kann, dieser ihrem eigenen Zweck, der rechtlichen Vorschrift, Raum zu machen, und hiemit auch, soviel an dem Staat selbst liegt, den inneren sowohl als äußeren Frieden zu befördern und zu sichern. – Hier heißt es also: Die Natur will unwiderstehlich, daß das Recht zuletzt die Obergewalt erhalte. Was man nun hier verabsäumt zu thun, das macht sich zuletzt selbst, obzwar mit viel Ungemächlichkeit. – „Biegt man das Rohr zu stark, so bricht's; und wer zu viel will, der will nichts." Bouterwek.

2. Die Idee des Völkerrechts setzt die Absonderung vieler von einander unabhängiger benachbarter Staaten voraus, und, obgleich ein solcher Zustand an sich schon ein Zustand des Krieges ist (wenn nicht eine föderative Vereinigung

derselben dem Ausbruch der Feindseligkeiten vorbeugt); so ist doch selbst dieser, nach der Vernunftidee, besser als die Zusammenschmelzung derselben, durch eine die andere überwachsende, und in eine Universalmonarchie übergehende Macht; weil die Gesetze mit dem vergrößten Umfange der Regierung immer mehr an ihrem Nachdruck einbüßen, und ein seelenloser Despotism, nachdem er die Keime des Guten ausgerottet hat, zuletzt doch in Anarchie verfällt. Indessen ist dieses doch das Verlangen jedes Staats (oder seines Oberhaupts), auf diese Art sich in den dauernden Friedenszustand zu versetzen, daß er, wo möglich, die ganze Welt beherrscht. Aber die Natur will es anders. – Sie bedient sich zweyer Mittel, um Völker von der Vermischung abzuhalten und sie abzusondern, der Verschiedenheit der Sprachen und der Religionen, die zwar den Hang zum wechselseitigen Hasse, und Vorwand zum

Kriege bey sich führt, aber doch bey anwachsender Cultur und der allmähligen Annäherung der Menschen, zu größerer Einstimmung in Principien, zum Einverständnisse in einem Frieden leitet, der nicht, wie jener Despotism (auf dem Kirchhofe der Freyheit), durch Schwächung aller Kräfte, sondern durch ihr Gleichgewicht, im lebhaftesten Wetteifer derselben, hervorgebracht und gesichert wird.

3. So wie die Natur weislich die Völker trennt, welche der Wille jedes Staats, und zwar selbst nach Gründen des Völkerrechts, gern unter sich durch List oder Gewalt vereinigen möchte; so vereinigt sie auch andererseits Völker, die der Begriff des Weltbürgerrechts gegen Gewaltthätigkeit und Krieg nicht würde gesichert haben, durch den wechselseitigen Eigennutz. Es ist der Handelsgeist, der mit dem Kriege nicht zusammen bestehen kann, und der früher oder später sich jedes Volks bemächtigt. Weil nämlich unter

allen, der Staatsmacht untergeordneten, Mächten (Mitteln), die Geldmacht wohl die zuverläßigste seyn möchte, so sehen sich Staaten (freylich wohl nicht eben durch Triebfedern der Moralität) gedrungen, den edlen Frieden zu befördern, und, wo auch immer in der Welt Krieg auszubrechen droht, ihn durch Vermittelungen abzuwehren, gleich als ob sie deshalb im beständigen Bündnisse ständen; denn große Vereinigungen zum Kriege können, der Natur der Sache nach, sich nur höchst selten zutragen, und noch seltener glücken.– – Auf die Art garantirt die Natur, durch den Mechanism in den menschlichen Neigungen selbst, den ewigen Frieden; freylich mit einer Sicherheit, die nicht hinreichend ist, die Zukunft desselben (theoretisch) zu weissagen, aber doch in praktischer Absicht zulangt, und es zur Pflicht macht, zu diesem (nicht bloß schimärischen) Zwecke hinzuarbeiten.

Anhang.

I.

Ueber die Mishelligkeit zwischen der Moral und der Politik, in Absicht auf den ewigen Frieden.

Die Moral ist schon an sich selbst eine Praxis in objectiver Bedeutung, als Inbegriff von unbedingt gebietenden Gesetzen, nach denen wir handeln sollen, und es ist offenbare Ungereimtheit, nachdem man diesem Pflichtbegriff seine Autorität zugestanden hat, noch sagen zu wollen, daß man es doch nicht könne. Denn alsdann fällt dieser Begriff aus der Moral von selbst weg (ultra posse nemo obligatur); mithin kann es keinen Streit der Politik, als ausübender Rechtslehre, mit der Moral, als einer solchen, aber theoretischen (mithin keinen Streit der Praxis mit der Theorie) geben: man müßte denn unter der letzteren eine allgemeine Klugheitslehre, d. i. eine Theorie der Maximen verstehen, zu seinen auf Vortheil berechneten Absichten die tauglichsten Mittel zu wählen, d. i. läugnen, daß es überhaupt eine Moral gebe.

Die Politik sagt: „ Seyd klug wie die Schlangen;" die Moral setzt (als einschränkende Bedingung) hinzu: und ohne Falsch wie die Tauben." Wenn beydes nicht in einem Gebote zusammen bestehen kann, so ist wirklich ein Streit der Politik mit der Moral; soll aber doch durchaus beydes vereinigt seyn, so ist der Begriff vom Gegentheil absurd, und die Frage, wie jener Streit auszugleichen sey, läßt sich gar nicht einmal als Aufgabe hinstellen. Obgleich der Satz: Ehrlichkeit ist die beste Politik, eine Theorie enthält, der die Praxis, leider! sehr häufig widerspricht: so ist doch der gleichfalls theoretische: Ehrlichkeit ist besser denn alle Politik, über allen Einwurf unendlich erhaben, ja die unumgängliche Bedingung der letzteren. Der Grenzgott der Moral weicht nicht dem Jupiter (dem Grenzgott der Gewalt); denn dieser steht noch unter dem Schicksal, d. i. die Vernunft ist nicht erleuchtet genug, die Reihe der vorherbestimmenden Ursachen zu übersehen, die den glücklichen oder schlimmen Erfolg aus dem Thun und Lassen der Menschen, nach dem Mechanism der Natur, mit Sicherheit vorher verkündigen (obgleich ihn dem Wunsche gemäß hoffen) lassen. Was man aber zu thun habe, um im Gleise der Pflicht (nach Regeln der Weisheit) zu bleiben, dazu und hiemit zum Endzweck leuchtet sie uns überall hell genug vor.

Nun gründet aber der Praktiker (dem die Moral bloße Theorie ist) seine trostlose Absprechung unserer gutmüthigen Hoffnung (selbst bey eingeräumtem Sollen und Können) eigentlich darauf: daß er aus der Natur des Menschen vorher zu sehen vorgiebt, er werde dasjenige nie wollen, was erfordert wird, um jenen zum ewigen Frieden hinführenden Zweck zu Stande zu bringen. – Freylich ist das Wollen aller einzelnen Menschen, in einer gesetzlichen Verfassung nach Freyheitsprincipien zu leben (die distributive Einheit des Willens Aller), zu diesem Zweck nicht hinreichend, sondern daß Alle zusammen diesen Zustand wollen (die collektive Einheit des vereinigten Willens), diese Auflösung einer schweren Aufgabe, wird noch dazu erfordert, damit ein Ganzes der bürgerlichen Gesellschaft werde, und, da also über diese Verschiedenheit des particularen Wollens Aller, noch eine vereinigende Ursache desselben hinzukommen muß, um einen gemeinschaftlichen Willen herauszubringen, welches Keiner von Allen vermag: so ist in der Ausführung jener Idee (in der Praxis) auf keinen andern Anfang des rechtlichen Zustandes zu rechnen, als den durch Gewalt, auf deren Zwang nachher das öffentliche Recht gegründet wird; welches dann freylich (da man ohnedem des Gesetzgebers moralische Gesinnung hiebey wenig in Anschlag bringen kann, er werde, nach geschehener Vereinigung der wüsten Menge in ein Volk, diesem es nur überlassen, eine rechtliche Verfassung durch ihren gemeinsamen Willen zu Stande zu bringen) große Abweichungen von jener Idee (der Theorie) in der wirklichen Erfahrung schon zum voraus erwarten läßt.

Da heißt es dann: wer einmal die Gewalt in Händen hat, wird sich vom Volk nicht Gesetze vorschreiben lassen. Ein Staat, der einmal im Besitz ist, unter keinen äußeren Gesetzen zu stehen, wird sich in Ansehung der Art, wie er gegen andere Staaten sein Recht suchen soll, nicht von ihrem Richterstuhl abhängig machen, und selbst ein Welttheil, wenn er sich einem andern, der ihm übrigens nicht im Wege ist, überlegen fühlt, wird das Mittel der Verstärkung seiner Macht, durch Beraubung oder gar Beherrschung desselben, nicht unbenutzt lassen; und so zerrinnen nun alle Plane der Theorie, für das Staats-, Völker- und Weltbürgerrecht, in sachleere unausführbare Ideale, dagegen eine Praxis, die auf empirische Principien der menschlichen Natur gegründet ist, welche es nicht für zu niedrig hält, aus der Art, wie es in der Welt zugeht, Belehrung für ihre Maximen zu ziehen, einen sicheren Grund für ihr Gebäude der Staatsklugheit zu finden allein hoffen könne.

—

Freylich, wenn es keine Freyheit und darauf gegründetes moralisches Gesetz giebt, sondern alles, was geschieht oder geschehen kann, bloßer Mechanism der Natur ist, so ist Politik (als Kunst, diesen zur Regierung der Menschen zu benutzen) die ganze praktische Weisheit, und der Rechtsbegriff ein sachleerer Gedanke. Findet man diesen aber doch unumgänglich nöthig, mit der Politik zu verbinden, ja ihn gar zur einschränkenden Bedingung der letzteren zu erheben, so muß die Vereinbarkeit beyder eingeräumt werden. Ich kann mir nun zwar einen moralischen Politiker, d. i. einen, der die Principien der Staatsklugheit so nimmt, daß sie mit der Moral zusammen bestehen können, aber nicht einen politischen Moralisten denken, der sich eine Moral so schmiedet, wie es der Vortheil des Staatsmanns sich zuträglich findet.

Der moralische Politiker wird es sich zum Grundsatz machen: wenn einmal Gebrechen in der Staatsverfassung oder im Staatenverhältnis angetroffen werden, die man nicht hat verhüten können, so sey es Pflicht, vornehmlich für Staatsoberhäupter, dahin bedacht zu seyn, wie sie, sobald wie möglich, gebessert, und dem Naturrecht, so wie es in der Idee der Vernunft uns zum Muster vor Augen steht, angemessen gemacht werden könne: sollte es auch ihrer Selbstsucht Aufopferungen kosten. Da nun die Zerreißung eines Bandes der Staats- oder Weltbürgerlichen Vereinigung, ehe noch eine bessere Verfassung an die Stelle derselben zu treten in Bereitschaft ist, aller, hierin mit der Moral einhelligen, Staatsklugheit zuwider ist, so wäre es zwar ungereimt, zu fordern, jenes Gebrechen müsse sofort und mit Ungestüm abgeändert werden; aber daß wenigstens die Maxime der Nothwendigkeit einer solchen Abänderung dem Machthabenden innigst beywohne, um in beständiger Annäherung zu dem Zwecke (der nach Rechtsgesetzen besten Verfassung) zu bleiben, das kann doch von ihm gefordert werden. Ein Staat kann sich auch schon republikanisch regieren, wenn er gleich noch, der vorliegenden Constitution nach, despotische Herrschermacht besitzt: bis allmählig das Volk des Einflusses der bloßen Idee der Autorität des Gesetzes (gleich als ob es physische Gewalt besäße) fähig wird, und sonach zur eigenen Gesetzgebung (welche ursprünglich auf Recht gegründet ist) tüchtig befunden wird. Wenn auch durch den Ungestüm einer von der schlechten Verfassung erzeugten Revolution unrechtmäßigerweise eine gesetzmäßigere errungen wäre, so würde es doch auch alsdann nicht mehr für erlaubt gehalten werden müssen, das Volk wieder auf die alte zurück zu führen, obgleich während derselben jeder, der sich damit gewaltthätig oder arglistig bemengt, mit Recht den Strafen des Aufrührers unterworfen seyn würde. Was aber das äußere Staatenverhältnis betrifft, so kann von einem Staat nicht verlangt werden, daß er seine, obgleich despotische, Verfassung (die aber doch die stärkere in Beziehung auf äußere Feinde ist) ablegen solle, so lange er Gefahr läuft, von andern Staaten so fort verschlungen zu werden; mithin muß bey jenem Vorsatz doch auch die Verzögerung der Ausführung bis zu besserer Zeitgelegenheit erlaubt seyn.

Es mag also immer seyn: daß die despotisirende (in der Ausübung fehlende) Moralisten wider die Staatsklugheit (durch übereilt genommene oder angepriesene Maaßregeln) mannichfaltig verstoßen, so muß sie doch die Erfahrung, bey diesem ihrem Verstoß wider die Natur, nach und nach in ein besseres Gleis bringen; statt dessen die moralisirende Politiker, durch Beschönigung rechtswidriger Staatsprincipien, unter dem Vorwande einer des Guten, nach der Idee, wie sie die Vernunft vorschreibt, nicht fähigen menschlichen Natur, so viel an ihnen ist, das Besserwerden unmöglich machen, und die Rechtsverletzung verewigen. Statt der Praxis, deren sich diese staatskluge Männer rühmen, gehen sie mit Praktiken um, indem sie bloß darauf bedacht sind, dadurch, daß sie der jetzt herrschenden Gewalt zum Munde reden (um ihren Privatvortheil nicht zu verfehlen), das Volk, und, wo möglich, die ganze Welt Preis zu geben; nach der Art ächter Juristen (vom Handwerke, nicht von der Gesetzgebung), wenn sie sich bis zur Politik versteigen. Denn da dieser ihr Geschäfte nicht ist, über

Gesetzgebung selbst zu vernünfteln, sondern die gegenwärtige Gebote des Landrechts zu vollziehen, so muß ihnen jede, jetzt vorhandene, gesetzliche Verfassung, und, wenn diese höhern Orts abgeändert wird, die nun folgende, immer die beste seyn; wo dann alles so in seiner gehörigen mechanischen Ordnung ist. Wenn aber diese Geschicklichkeit, für alle Sättel gerecht zu seyn, ihnen den Wahn einflößt, auch über Principien einer Staatsverfassung überhaupt nach Rechtsbegriffen (mithin a priori, nicht empirisch) urtheilen zu können: wenn sie darauf groß thun, Menschen zu kennen (welches freylich zu erwarten ist, weil sie mit vielen zu thun haben), ohne doch den Menschen, und was aus ihm gemacht werden kann, zu kennen (wozu ein höherer Standpunkt der Anthropologischen Beobachtung erfordert wird), mit diesen Begriffen aber versehen, ans Staats- und Völkerrecht, wie es die Vernunft vorschreibt, gehen: so können sie diesen Ueberschritt nicht anders, als mit dem Geist der Chicane thun, indem sie ihr gewohntes Verfahren (eines Mechanisms nach despotisch gegebenen Zwangsgesetzen) auch da befolgen, wo die Begriffe der Vernunft einen nur nach Freyheitsprincipien gesetzmäßigen Zwang begründet wissen wollen, durch welchen allererst eine zu Recht beständige Staatsverfassung möglich ist; welche Aufgabe der vorgebliche Praktiker, mit Vorbeygehung jener Idee, empirisch, aus Erfahrung, wie die bisher noch am besten bestandene, mehrentheils aber rechtswidrige, Staatsverfassungen eingerichtet waren, lösen zu können glaubt. – Die Maximen, deren er sich hiezu bedient (ob er sie zwar nicht laut werden läßt), laufen ohngefähr auf folgende sophistische Maximen hinaus.

1. Fac et excusa. Ergreife die günstige Gelegenheit zur eigenmächtigen Besitznehmung (entweder eines Rechts des Staats über sein Volk, oder über ein anderes benachbarte); die Rechtfertigung wird sich weit leichter und zierlicher nach der That vortragen, und die Gewalt beschönigen lassen (vornehmlich im ersten Fall, wo die obere Gewalt im Innern so fort auch die gesetzgebende Obrigkeit ist, der man gehorchen muß, ohne darüber zu vernünfteln); als wenn man zuvor auf überzeugende Gründe sinnen, und die Gegengründe darüber noch erst abwarten wollte. Diese Dreustigkeit selbst giebt einen gewissen Anschein von innerer Ueberzeugung der Rechtmäßigkeit der That, und der Gott bonus euentus ist nachher der beste Rechtsvertreter.

2. Si fecisti nega. Was du selbst verbrochen hast, z. B. um dein Volk zur Verzweiflung, und so zum Aufruhr zu bringen, das läugne ab, daß es deine Schuld sey; sondern behaupte,

daß es die der Widerspenstigkeit der Unterthanen, oder auch, bey deiner Bemächtigung eines benachbarten Volks, die Schuld der Natur des Menschen sey, der, wenn er dem Andern nicht mit Gewalt zuvorkommt, sicher darauf rechnen kann, daß dieser ihm zuvorkommen und sich seiner bemächtigen werde.

3. Diuide et impera. Das ist: sind gewisse privilegirte Häupter in deinem Volk, welche dich blos zu ihrem Oberhaupt (primus inter pares) gewählt haben, so veruneinige jene unter einander, und entzweye sie mit dem Volk: stehe nun dem letztern, unter Vorspiegelung größerer Freyheit, bey, so wird alles von deinem unbedingten Willen abhängen. Oder sind es äußere Staaten, so ist Erregung der Mishelligkeit unter ihnen ein ziemlich sicheres Mittel, unter dem Schein des Beystandes des Schwächeren, einen nach dem andern dir zu unterwerfen.

Durch diese politische Maximen wird nun zwar niemand hintergangen; denn sie sind insgesammt schon allgemein bekannt; auch ist es mit ihnen nicht der Fall sich zu schämen, als ob die Ungerechtigkeit gar zu offenbar in die Augen leuchtete. Denn, weil sich große Mächte nie vor dem Urtheil des gemeinen Haufens, sondern nur eine vor der andern schämen, was aber jene Grundsätze betrifft, nicht das Offenbarwerden, sondern nur das Mislingen derselben sie beschämt machen kann (denn in Ansehung der Moralität der Maximen kommen sie alle unter einander überein), so bleibt ihnen immer die politische Ehre übrig, auf die sie sicher rechnen können, nämlich die der Vergrößerung ihrer Macht, auf welchem Wege sie auch erworben seyn mag.

Aus allen diesen Schlangenwendungen einer unmoralischen Klugheitslehre, den Friedenszustand unter Menschen, aus dem kriegerischen des Naturzustandes herauszubringen, erhellet wenigstens so viel: daß die Menschen, eben so wenig in ihren Privatverhältnissen, als in ihren öffentlichen, dem Rechtsbegriff entgehen können, und sich nicht getrauen, die Politik öffentlich bloß auf Handgriffe der Klugheit zu gründen, mithin dem Begriffe eines öffentlichen Rechts allen Gehorsam aufzukündigen (welches vornehmlich in dem des Völkerrechts auffallend ist), sondern ihm an sich alle gebührende Ehre wiederfahren lassen, wenn sie auch hundert Ausflüchte und Bemäntelungen aussinnen sollten, um ihm in der Praxis auszuweichen, und der verschmitzten Gewalt die Autorität anzudichten, der Ursprung und der Verband alles Rechts zu seyn. – Um dieser Sophisterey (wenn gleich nicht der durch sie beschönigten Ungerechtigkeit) ein Ende zu machen, und die falsche Vertreter der Mächtigen der Erde zum Geständnisse zu bringen, daß es nicht das Recht, sondern die Gewalt sey, der sie zum Vortheil sprechen, von welcher sie, gleich als ob sie selbst hiebey was zu befehlen hätten, den Ton annehmen, wird es gut seyn, das Blendwerk aufzudecken, womit man sich und andere hintergeht, das oberste Princip, von dem die Absicht auf den ewigen Frieden ausgeht, ausfindig zu machen und zu zeigen: daß alles das Böse, was ihm im Wege ist, davon herrühre: daß der politische Moralist da anfängt, wo der moralische Politiker billigerweise endigt, und, indem er so die Grundsätze dem Zweck unterordnet (d. i. die Pferde hinter den Wagen spannt), seine eigene Absicht vereitelt, die Politik mit der Moral in Einverständnis zu bringen.

Um die praktische Philosophie mit sich selbst einig zu machen, ist nöthig, zuförderst die Frage zu entscheiden: ob in Aufgaben der praktischen Vernunft vom materialen Prinzip derselben, dem Zweck (als Gegenstand der Willkühr) der Anfang gemacht werden müsse, oder vom formalen, d. i. demjenigen (bloß auf Freyheit im äußern Verhältnis gestellten), darnach es heißt: handle so, daß du wollen kannst, deine Maxime solle ein allgemeines Gesetz werden (der Zweck mag seyn welcher er wolle).

Ohne alle Zweifel muß das letztere Princip vorangehen; denn es hat, als Rechtsprincip, unbedingte Nothwendigkeit, statt dessen das erstere, nur unter Voraussetzung empirischer Bedingungen des vorgesetzten Zwecks, nämlich der Ausführung desselben, nöthigend ist, und, wenn dieser Zweck (z. B. der ewige Friede) auch Pflicht wäre, so müßte doch diese selbst aus dem formalen Princip der Maximen äußerlich zu handeln abgeleitet worden seyn. – Nun ist das erstere Princip, das des politischen Moralisten (das Problem des Staats-, Völker- und Weltbürgerrechts), eine bloße Kunstaufgabe (problema technicum), das zweyte dagegen, als Princip des moralischen Politikers, welchem es eine sittliche Aufgabe (problema morale) ist, im Verfahren von dem anderen himmelweit unterschieden, um den ewigen Frieden, den man nun nicht bloß als physisches Gut, sondern auch als einen aus Pflichtanerkennung hervorgehenden Zustand wünscht, herbeyzuführen.

Zur Auflösung des ersten, nämlich des Staats-Klugheitsproblems, wird viel Kenntnis der Natur erfordert, um ihren Mechanism zu dem gedachten Zweck zu benutzen, und doch ist alle diese ungewis in Ansehung ihres Resultats, den ewigen Frieden betreffend; man mag nun die eine oder die andere der drey Abtheilungen des öffentlichen Rechts nehmen. Ob das Volk im Gehorsam und zugleich im Flor besser durch Strenge, oder Lockspeise der Eitelkeit, ob durch Obergewalt eines Einzigen, oder durch Vereinigung mehrere Häupter, vielleicht auch bloß durch einen Dienstadel, oder durch Volksgewalt, im Innern, und zwar auf lange Zeit, gehalten werden könne, ist ungewis. Man hat von allen Regierungsarten (die einzige ächt-republikanische, die aber nur einem moralischen Politiker in den Sinn kommen kann, ausgenommen) Beyspiele des Gegentheils in der Geschichte. – Noch ungewisser ist ein auf Statute nach Ministerialplanen vorgeblich errichtetes Völkerrecht, welches in der That nur ein Wort ohne Sache ist, und auf Verträgen beruht, die in demselben Akt ihrer Beschließung zugleich den geheimen Vorbehalt ihrer Uebertretung enthalten. – Dagegen dringt sich die Auflösung des zweyten, nämlich des Staatsweisheitsproblems, so zu sagen, von selbst auf, ist jedermann einleuchtend, und macht alle Künsteley zu Schanden, führt dabey gerade zum Zweck; doch mit der Erinnerung der Klugheit, ihn nicht übereilterweise mit Gewalt herbey zu ziehen, sondern sich ihm, nach

Beschaffenheit der günstigen Umstände, unablässig zu nähern.

Da heißt es denn: „trachtet allererst nach dem Reiche der reinen praktischen Vernunft und nach seiner Gerechtigkeit, so wird euch euer Zweck (die Wohltat des ewigen Friedens) von selbst zufallen." Denn das hat die Moral Eigenthümliches an sich, und zwar in Ansehung ihrer Grundsätze des öffentlichen Rechts, (mithin in Beziehung auf eine a priori erkennbare Politik), daß, je weniger sie das Verhalten von dem vorgesetzten Zweck, dem beabsichtigten, es sey physischem oder sittlichem Vortheil, abhängig macht, desto mehr sie dennoch zu diesem im Allgemeinen zusammenstimmt; welches daher kömmt, weil es gerade der a priori gegebene allgemeine Wille (in einem Volk, oder im Verhältnis verschiedener Völker unter einander) ist, der allein, was unter Menschen Rechtens ist, bestimmt; diese

Vereinigung des Willens Aller aber, wenn nur in der Ausübung consequent verfahren wird, auch nach dem Mechanism der Natur, zugleich die Ursache seyn kann, die abgezweckte Wirkung hervorzubringen, und dem Rechtsbegriffe Effekt zu verschaffen. – So ist es z. B. ein Grundsatz der moralischen Politik: daß sich ein Volk zu einem Staat nach den alleinigen Rechtsbegriffen der Freyheit und Gleichheit vereinigen solle, und dieses Princip ist nicht auf Klugheit, sondern auf Pflicht gegründet. Nun mögen dagegen politische Moralisten noch so viel über den Naturmechanism einer in Gesellschaft tretenden Menschenmenge, welcher jene Grundsätze entkräftete, und ihre Absicht vereiteln werde, vernünfteln, oder auch durch Beyspiele schlecht organisirter Verfassungen alter und neuer Zeiten (z. B. von Demokratien ohne Repräsentationssystem) ihre Behauptung dagegen zu beweisen suchen, so verdienen sie kein Gehör; vornehmlich, da eine solche verderbliche Theorie das Uebel wohl gar selbst bewirkt, was sie vorhersagt, nach welcher der Mensch mit den übrigen lebenden Maschinen in eine Classe geworfen wird, denen nur noch das Bewußtseyn, daß sie nicht freye Wesen sind, beywohnen dürfte, um sie in ihrem eigenen Urtheil zu den elendesten unter allen Weltwesen zu machen.

Der zwar etwas renomistisch klingende, sprüchwörtlich in Umlauf gekommene, aber wahre Satz: fiat iustitia, pereat mundus, das heißt zu deutsch: „es herrsche Gerechtigkeit, die Schelme in der Welt mögen auch insgesammt darüber zu Grunde gehen," ist ein wackerer, alle durch Arglist oder Gewalt vorgezeichnete krumme Wege abschneidender Rechtsgrundsatz; nur daß er nicht misverstanden, und etwa als Erlaubnis, sein eigenes Recht mit der größten Strenge zu benutzen (welches der ethischen Pflicht widerstreiten würde), sondern als Verbindlichkeit der Machthabenden,

niemanden sein Recht aus Ungunst oder Mitleiden gegen

Andere zu weigern oder zu schmälern, verstanden wird;

wozu vorzüglich eine nach reinen Rechtsprincipien

eingerichtete innere Verfassung des Staats, dann aber auch

die der Vereinigung desselben mit andern benachbarten oder

auch entfernten Staaten zu einer (einem allgemeinen Staat

analogischen) gesetzlichen Ausgleichung ihrer Streitigkeiten

erfordert wird. – Dieser Satz will nichts anders sagen, als: die

politische Maximen müssen nicht von der, aus ihrer

Befolgung zu erwartenden, Wohlfahrt und

Glückseligkeit eines jeden Staats, also nicht vom Zweck, den

sich ein jeder derselben zum Gegenstande macht (vom

Wollen), als dem obersten (aber empirischen) Princip der

Staatsweisheit, sondern von dem reinen Begriff der

Rechtspflicht (vom Sollen, dessen Princip a priori durch

reine Vernunft gegeben ist) ausgehen, die physische Folgen daraus mögen auch seyn, welche sie wollen. Die Welt wird keinesweges dadurch untergehen, daß der bösen Menschen weniger wird. Das moralisch Böse hat die von seiner Natur unabtrennliche Eigenschaft, daß es in seinen Absichten (vornehmlich in Verhältnis gegen andere Gleichgesinnete) sich selbst zuwider und zerstöhrend ist, und so dem (moralischen) Princip des Guten, wenn gleich durch langsame Fortschritte, Platz macht.

* * *

Es giebt also objectiv (in der Theorie) gar keinen Streit zwischen der Moral und der Politik. Dagegen subjectiv (in dem selbstsüchtigen Hange der Menschen, der aber, weil er nicht auf Vernunftmaximen gegründet ist, noch nicht Praxis genannt werden muß), wird und mag er immer bleiben, weil er zum Wetzstein der Tugend dient, deren wahrer Muth (nach dem Grundsatze: tu ne cede malis, sed contra audentior ito) in gegenwärtigem Falle nicht sowohl darin besteht, den Uebeln und Aufopferungen mit festem Vorsatz sich entgegenzusetzen, welche hiebey übernommen werden müssen, sondern dem weit gefährlicheren lügenhaften und verrätherischen, aber doch vernünftelnden, die Schwäche der menschlichen Natur zur Rechtfertigung aller Uebertretung vorspiegelnden bösen Princip in uns selbst, in die Augen zu sehen und seine Arglist zu besiegen.

–

In der That kann der politische Moralist sagen: Regent und Volk, oder Volk und Volk thun einander nicht Unrecht, wenn sie einander gewaltthätig oder hinterlistig befehden, ob sie zwar überhaupt darin Unrecht thun, daß sie dem

Rechtsbegriffe, der allein den Frieden auf ewig begründen könnte, alle Achtung versagen. Denn weil der eine seine Pflicht gegen den andern übertritt, der gerade eben so rechtswidrig gegen jenen gesinnt ist, so geschieht ihnen beyderseits ganz recht, wenn sie sich unter einander aufreiben, doch so, daß von dieser Raçe immer noch genug übrig bleibt, um dieses Spiel bis zu den entferntesten Zeiten nicht aufhören zu lassen, damit eine späte Nachkommenschaft an ihnen dereinst ein warnendes Beyspiel nehme. Die Vorsehung im Laufe der Welt ist hiebey gerechtfertigt; denn das moralische Princip im Menschen erlöscht nie, die, pragmatisch, zur Ausführung der rechtlichen Ideen nach jenem Princip tüchtige Vernunft wächst noch dazu beständig durch immer fortschreitende Cultur, mit ihr aber auch die Schuld jener Uebertretungen. Die Schöpfung allein: daß nämlich ein solcher Schlag von verderbten Wesen überhaupt hat auf Erden seyn sollen, scheint durch keine Theodicee gerechtfertigt werden zu können (wenn wir annehmen, daß es mit dem Menschengeschlechte nie besser bestellt seyn werde noch könne); aber dieser Standpunkt der Beurtheilung ist für uns viel zu hoch, als daß wir unsere Begriffe (von Weisheit) der obersten uns unerforschlichen Macht in theoretischer Absicht unterlegen könnten. – Zu solchen verzweifelten Folgerungen werden wir unvermeidlich hingetrieben, wenn wir nicht annehmen, die reine Rechtsprincipien haben objective Realität, d. i. sie lassen sich ausführen; und darnach müsse auch von Seiten des Volks im Staate, und weiterhin von Seiten der Staaten gegen einander, gehandelt werden; die empirische Politik mag auch dagegen einwenden, was sie wolle. Die wahre Politik kann also keinen Schritt thun, ohne vorher der Moral gehuldigt zu haben, und ob zwar Politik für sich selbst eine schwere Kunst ist, so ist doch Vereinigung derselben mit der Moral gar keine Kunst; denn diese haut den Knoten entzwey, den jene nicht aufzulösen vermag, sobald beyde einander widerstreiten. – Das Recht dem Menschen muß heilig gehalten werden, der herrschenden Gewalt mag es auch noch so große Aufopferung kosten. Man kann hier nicht halbiren, und das Mittelding eines pragmatischbedingten Rechts (zwischen Recht und Nutzen) aussinnen, sondern alle Politik muß ihre Kniee vor dem erstern beugen, kann aber dafür hoffen, ob zwar langsam, zu der Stufe zu gelangen, wo sie beharrlich glänzen wird.

II.

Von der Einhelligkeit der Politik mit der Moral nach dem transscendentalen Begriffe des öffentlichen Rechts.

Wenn ich von aller Materie des öffentlichen Rechts (nach den verschiedenen empirisch-gegebenen Verhältnissen der Menschen im Staat oder auch der Staaten unter einander), so wie es sich die Rechtslehrer gewöhnlich denken, abstrahire, so bleibt mir noch die Form der Publicität übrig, deren Möglichkeit ein jeder Rechtsanspruch in sich enthält, weil ohne jene es keine Gerechtigkeit (die nur als öffentlich kundbar gedacht werden kann), mithin auch kein Recht, das nur von ihr ertheilt wird, geben würde.

Diese Fähigkeit der Publicität muß jeder Rechtsanspruch haben, und sie kann also, da es sich ganz leicht beurtheilen läßt, ob sie in einem vorkommenden Falle statt finde, d. i. ob sie sich mit den Grundsätzen des Handelnden vereinigen lasse oder nicht, ein leicht zu brauchendes, a priori in der Vernunft anzutreffendes Criterium abgeben, im letzteren Fall die Falschheit (Rechtswidrigkeit) des gedachten

Anspruchs (praetensio iuris), gleichsam durch ein Experiment der reinen Vernunft, so fort zu erkennen.

Nach einer solchen Abstraction von allem Empirischen, was der Begriff des Staats- und Völkerrechts enthält (dergleichen das Bösartige der menschlichen Natur ist, welches den Zwang nothwendig macht), kann man folgenden Satz die transscendentale Formel des öffentlichen Rechts nennen:

„Alle auf das Recht anderer Menschen bezogene Handlungen, deren Maxime sich nicht mit der Publicität verträgt, sind unrecht."

Dieses Princip ist nicht bloß als ethisch (zur Tugendlehre gehörig), sondern auch als juridisch (das Recht der Menschen angehend) zu betrachten. Denn eine Maxime, die ich nicht darf laut werden lassen, ohne dadurch meine eigene Absicht zugleich zu vereiteln, die durchaus verheimlicht werden muß, wenn sie gelingen soll, und zu der ich mich nicht öffentlich bekennen kann, ohne daß dadurch unausbleiblich der Widerstand Aller gegen meinen Vorsatz gereizt werde, kann diese nothwendige und allgemeine, mithin a priori einzusehende, Gegenbearbeitung Aller gegen mich nirgend wovon anders, als von der Ungerechtigkeit her haben, womit sie jedermann bedroht. – Es ist ferner bloß negativ, d. i. es dient nur, um, vermittelst desselben, was gegen Andere nicht recht ist, zu erkennen. – Es ist gleich einem Axiom unerweislich-gewiß und überdem leicht anzuwenden, wie aus folgenden Beyspielen des öffentlichen Rechts zu ersehen ist.

1. Was das Staatsrecht (ius ciuitatis), nämlich das innere betrifft: so kommt in ihm die Frage vor, welche Viele für schwer zu beantworten halten, und die das

transsoendentale Princip der Publicität ganz leicht auflöset: „ist Aufruhr ein rechtmäßiges Mittel für ein Volk, die drückende Gewalt eines so genannten Tyrannen (non titulo sed exercitio talis) abzuwerfen?“ Die Rechte des Volks sind gekränkt, und ihm (dem Tyrannen) geschieht kein Unrecht durch die Entthronung; daran ist kein Zweifel. Nichts desto weniger ist es doch von den Unterthanen im höchsten Grade unrecht, auf diese Art ihr Recht zu suchen, und sie können eben so wenig über Ungerechtigkeit klagen, wenn sie in diesem Streit unterlägen und nachher deshalb die härteste Strafe ausstehen müßten.

Hier kann nun Vieles für und dawider vernünftelt werden, wenn man es durch eine dogmatische Deduction der Rechtsgründe ausmachen will; allein das transscendentale Princip der Publicität des öffentlichen Rechts kann sich diese Weitläuftigkeit ersparhen. Nach demselben frägt sich vor

Errichtung des bürgerlichen Vertrags das Volk selbst, ob es sich wohl getraue, die Maxime des Vorsatzes einer gelegentlichen Empörung öffentlich bekannt zu machen. Man sieht leicht ein, daß, wenn man es bey der Stiftung einer Staatsverfassung zur Bedingung machen wollte, in gewissen vorkommenden Fällen gegen das Oberhaupt Gewalt auszuüben, so müßte das Volk sich einer rechtmäßigen Macht über jenes anmaßen. Alsdann wäre jenes aber nicht das Oberhaupt, oder, wenn beydes zur Bedingung der Staatserrichtung gemacht würde, so würde gar keine möglich seyn, welches doch die Absicht des Volkes war. Das Unrecht des Aufruhrs leuchtet also dadurch ein, daß die Maxime desselben dadurch, daß man sich öffentlich dazu bekennte, seine eigene Absicht unmöglich machen würde. Man müßte sie also nothwendig verheimlichen. – Das letztere wäre aber von Seiten des Staatsoberhaupts eben nicht nothwendig. Er kann frey heraus sagen, daß er jeden Aufruhr mit dem Tode der Rädelsführer bestrafen werde, diese mögen auch immer glauben, er habe seinerseits das Fundamentalgesetz zuerst übertreten; denn wenn er sich bewußt ist, die unwiderstehliche Obergewalt zu besitzen (welches auch in jeder bürgerlichen Verfassung so angenommen werden muß, weil der, welcher nicht Macht genug hat, einen jeden im Volk gegen den andern zu schützen, auch nicht das Recht hat, ihm zu befehlen), so darf er nicht sorgen, durch die Bekanntwerdung seiner Maxime seine eigene Absicht zu vereiteln, womit auch ganz wohl zusammenhängt, daß, wenn der Aufruhr dem Volk gelänge, jenes Oberhaupt in die Stelle des Unterthans zurücktreten, eben sowohl keinen Wiedererlangungsaufruhr beginnen, aber auch nicht zu befürchten haben müßte, wegen seiner vormaligen Staatsführung zur Rechenschaft gezogen zu werden.

2. Was das Völkerrecht betrifft. – Nur unter Voraussetzung irgend eines rechtlichen Zustandes (d. i. derjenigen äußeren Bedingung, unter der dem Menschen ein Recht wirklich zu Theil werden kann), kann von einem Völkerrecht die Rede seyn; weil es, als ein öffentliches Recht, die Publication eines, jedem das Seine bestimmenden, allgemeinen Willens schon in seinem Begriffe enthält, und dieser status iuridicus muß aus irgend einem Vertrage hervorgehen, der nicht eben (gleich dem, woraus ein Staat entspringt,) auf Zwangsgesetze gegründet seyn darf, sondern allenfalls auch der einer fortwährend-freyen Association seyn kann, wie der oben erwähnte der Föderalität verschiedener Staaten. Denn ohne irgend einen rechtlichen Zustand, der die verschiedene (physische oder moralische) Personen thätig verknüpft, mithin im Naturstande, kann es kein anderes als bloß ein Privatrecht geben. – Hier tritt nun auch ein Streit der Politik

mit der Moral (diese als Rechtslehre betrachtet) ein, wo dann jenes Criterium der Publicität der Maximen gleichfalls seine leichte Anwendung findet, doch nur so: daß der Vertrag die Staaten nur in der Absicht verbindet, unter einander und zusammen gegen andere Staaten sich im Frieden zu erhalten, keinesweges aber um Erwerbungen zu machen. – Da treten nun folgende Fälle der Antinomie zwischen Politik und Moral ein, womit zugleich die Lösung derselben verbunden wird.

a) „Wenn einer dieser Staaten dem andern etwas versprochen hat: es sey Hülfleistung, oder Abtretung gewisser Länder, oder Subsidien u. d. gl., frägt sich, ob er sich in einem Fall, an dem des Staats Heil hängt, vom Worthalten dadurch los machen kann, daß er sich in einer doppelten Person betrachtet wissen will, erstlich als Souverän, da er Niemanden in seinem Staat verantwortlich ist; dann aber wiederum bloß als oberster Staatsbeamte, der dem Staat Rechenschaft geben müsse: da denn der Schluß dahin ausfällt, daß, wozu er sich in der ersteren Qualität verbindlich gemacht hat, davon werde er in der zweyten losgesprochen." – Wenn nun aber ein Staat (oder dessen Oberhaupt) diese seine Maxime laut werden ließe, so würde natürlicherweise entweder ein jeder Andere ihn fliehen, oder sich mit Anderen vereinigen, um seinen Anmaßungen zu widerstehen, welches beweiset, daß Politik mit aller ihrer Schlauigkeit auf diesen Fuß (der Offenheit) ihren Zweck selber vereiteln, mithin jene Maxime unrecht seyn müsse.

b) „Wenn eine bis zur furchtbaren Größe (potentia tremenda) angewachsene benachbarte Macht Besorgnis erregt: kann man annehmen, sie werde, weil sie kann, auch unterdrücken wollen, und giebt das der Mindermächtigen ein Recht zum (vereinigten) Angriffe derselben, auch ohne vorhergegangene Beleidigung?" – Ein Staat, der seine Maxime hier bejahend verlautbaren wollte, würde das Uebel nur noch gewisser und schneller herbeyführen. Denn die größere Macht würde der kleineren zuvorkommen, und, was die Vereinigung der letzteren betrifft, so ist das nur ein schwacher Rohrstab gegen den, der das diuide et impera zu benutzen weiß. – Diese Maxime der Staatsklugheit, öffentlich erklärt, vereitelt also nothwendig ihre eigene Absicht, und ist folglich ungerecht.

c) „Wenn ein kleinerer Staat durch seine Lage den Zusammenhang eines größeren trennt, der diesem doch zu seiner Erhaltung nöthig ist, ist dieser nicht berechtigt, jenen sich zu unterwerfen und mit dem seinigen zu vereinigen?" – Man sieht leicht, daß der größere eine solche Maxime ja nicht vorher müsse laut werden lassen; denn, entweder die kleinern Staaten würden sich frühzeitig vereinigen, oder andere Mächtige würden um diese Beute streiten, mithin macht sie sich durch ihre Offenheit selbst unthunlich; ein Zeichen, daß sie ungerecht ist und es auch in sehr hohem Grade seyn kann; denn ein klein Object der Ungerechtigkeit hindert nicht, daß die daran bewiesene Ungerechtigkeit sehr groß sey.

3. Was das Weltbürgerrecht betrifft, so übergehe ich es hier mit Stillschweigen; weil, wegen der Analogie desselben mit dem Völkerrecht, die Maximen desselben leicht anzugeben und zu würdigen sind.

* * *

Man hat hier nun zwar an dem Princip der Unverträglichkeit der Maximen des Völkerrechts mit der Publicität, ein gutes Kennzeichen der Nichtübereinstimmung der Politik mit der Modal (als

Rechtslehre). Nun bedarf man aber auch belehrt zu werden, welches denn die Bedingung ist, unter der ihre Maximen mit dem Recht der Völker übereinstimmen? Denn es läßt sich nicht umgekehrt schließen: daß, welche Maximen die Publicität vertragen, dieselbe darum auch gerecht sind; weil, wer die entschiedene Obermacht hat, seiner Maximen nicht heel haben darf. – Die Bedingung der Möglichkeit eines Völkerrechts überhaupt ist: daß zuvörderst ein rechtlicher Zustand existire. Denn ohne diesen giebts kein öffentliches Recht, sondern alles Recht, was man sich außer demselben denken mag (im Naturzustande), ist bloß Privatrecht. Nun haben wir oben gesehen: daß ein föderativer Zustand der Staaten, welcher bloß die Entfernung des Krieges zur Absicht hat, der einzige, mit der Freyheit derselben vereinbare, rechtliche Zustand sey. Also ist die Zusammenstimmung der Politik mit der Moral nur in einem föderativen Verein (der also nach Rechtsprincipien a priori gegeben und nothwendig ist) möglich, und alle Staatsklugheit hat zur rechtlichen Basis die Stiftung des ersteren, in ihrem größt-möglichen Umfange, ohne welchen Zweck alle ihre Klügeley Unweisheit und verschleyerte Ungerechtigkeit ist. – Diese Afterpolitik hat nun ihre Casuistik, trotz der besten Jesuiterschule – die reseruatio mentalis; in Abfassung öffentlicher Verträge, mit solchen Ausdrücken, die man gelegentlich zu seinem Vortheil auslegen kann, wie man will (z. B. den Unterschied des status quo de fait und de droit); – den Probabilismus: böse Absichten an Anderen zu erklügeln, oder auch Wahrscheinlichkeiten ihres möglichen Uebergewichts zum Rechtsgrunde der Untergrabung anderer friedlicher Staaten zu machen; – Endlich das peccatum philosophicum (peccatillum, baggatelle). Das

Verschlingen eines kleinen Staats, wenn dadurch ein viel größerer, zum vermeyntlich größern Weltbesten, gewinnt, für eine leicht-verzeihliche Kleinigkeit zu halten.

Den Vorschub hiezu giebt die Zweyzüngigkeit der Politik in Ansehung der Moral, einen oder den andern Zweig derselben zu ihrer Absicht zu benutzen. – Beydes, die Menschenliebe und die Achtung fürs Recht der Menschen, ist Pflicht; jene aber nur bedingte, diese dagegen unbedingte, schlechthin gebietende Pflicht, welche nicht übertreten zu haben derjenige zuerst völlig versichert seyn muß, der sich dem süßen Gefühl des Wohlthuns überlassen will. Mit der Moral im ersteren Sinne (als Ethik) ist die Politik leicht einverstanden, um das Recht der Menschen ihren Oberen Preis zu geben: Aber mit der in der zweyten Bedeutung (als Rechtslehre), vor der sie ihre Kniee beugen müßte, findet sie es rathsam, sich gar nicht auf Vertrag einzulassen, ihr lieber alle Realität abzustreiten, und alle Pflichten auf lauter Wohlwollen auszudeuten; welche Hinterlist einer lichtscheuen Politik doch von der Philosophie durch die Publicität jener ihrer Maximen leicht vereitelt werden würde, wenn jene es nur wagen wollte, dem Philosophen die Publicität der seinigen angedeihen zu lassen.

In dieser Absicht schlage ich ein anderes transscendentales und bejahendes Princip des öffentlichen Rechts vor, besten Formel diese seyn würde:

„Alle Maximen, die der Publicität bedürfen (um ihren Zweck nicht zu verfehlen), stimmen mit Recht und Politik vereinigt zusammen."

Denn, wenn sie nur durch die Publicität ihren Zweck erreichen können, so müssen sie dem allgemeinen Zweck des Publicums (der Glückseligkeit) gemäs seyn, womit zusammen zu stimmen (es mit seinem Zustande zufrieden zu machen), die eigentliche Aufgabe der Politik ist. Wenn aber dieser Zweck nur durch die Publicität, d. i. durch die Entfernung alles Mistrauens gegen die Maximen derselben, erreichbar seyn soll, so müssen diese auch mit dem Recht des Publicums in Eintracht stehen; denn in diesem Allein ist die Vereinigung der Zwecke Aller möglich. – Die weitere Ausführung und Erörterung dieses Princips muß ich für eine andere Gelegenheit aussetzen; nur daß es eine transscendentale Formel sey, ist aus der Entfernung aller empirischen Bedingungen (der Glückseligkeitslehre), als der Materie des Gesetzes und der bloßen Rücksicht auf die Form der allgemeinen Gesetzmäßigkeit zu ersehen.

* *
*

Wenn es Pflicht, wenn zugleich gegründete Hoffnung da ist, den Zustand eines öffentlichen Rechts, obgleich nur in einer ins Unendliche fortschreitenden Annäherung wirklich zu machen, so ist der ewige Friede, der auf die bisher fälschlich so genannte Friedensschlüsse (eigentlich Waffenstillstände) folgt, keine leere Idee, sondern eine Aufgabe, die nach und nach aufgelöst, ihrem Ziele (weil die Zeilen, in denen gleiche Fortschritte geschehen, hoffentlich immer kürzer werden) beständig näher kommt.

CPSIA information can be obtained
at www.ICGtesting.com
Printed in the USA
LVHW060751251022
731487LV00010B/741